Remembering Grandma
Recordando a Abuela

By / Por Teresa Armas
Illustrations by / Ilustraciones de Pauline Rodriguez Howard
Spanish translation by / Traducción al español por Gabriela Baeza Ventura

Piñata Books
Arte Público Press
Houston, Texas

Publication of *Remembering Grandma* is made possible through support from the Lila Wallace—Readers Digest Fund, the Andrew W. Mellon Foundation and the City of Houston through The Cultural Arts Council of Houston, Harris County. We are grateful for their support.

Esta publicación de *Recordando a Abuela* ha sido subvencionada por la Fundación Lila Wallace—Readers Digest, la Fundación Andrew W. Mellon y la ciudad de Houston por medio del Concilio de Artes Culturales de Houston, Condado de Harris. Les agradecemos su apoyo.

Piñata Books are full of surprises!

Piñata Books
An Imprint of Arte Público Press
University of Houston
452 Cullen Performance Hall
Houston, Texas 77204-2004

Armas, Teresa.
   Remembering Grandma = Recordando a Abuela / by Teresa Armas ; with illustrations by Pauline Rodriguez Howard ; Spanish-language translation by Gabriela Baeza Ventura.
      p.   cm.
   ISBN 1-55885- 344-8 (alk. paper)
   1. Title: Recordando a Abuela.   II. Howard, Pauline Rodriguez.   III. Ventura, Gabriela Baeza.   IV. Title.
   PZ73.A676 2001   2001054898
                                                                                    CIP

♾ The paper used in this publication meets the requirements of the American National Standard for Permanence of Paper for Printed Library Materials Z39.48-1984.

3 4 5 6 7 8 9 0 1 2   0 9 8 7 6 5 4 3 2 1

To the memory of my father, Sesar, whose profound heart and soul shaped who I am.
To my children, Sarah and Adam, the inspiration for who I strive to be.
— TA

For Sarah. Thanks to Kimberly and Tina Trevio, Richard de la Peña, Irma Reyes, and Jagger.
— PRH

En memoria de mi padre Sesar, cuyo profundo corazón y alma me hicieron lo que soy.
A mis hijos Sarah y Adam por ser la inspiración de lo que deseo ser.
— TA

Para Sarah. Gracias a Kimberly y a Tina Trevio, a Richard de la Peña, a Irma Reyes y a Jagger.
— PRH

Lorena woke to Fernando's "cock-a-doodle-doo." Fernando was Mr. García's rooster. Mr. García had been Lorena's neighbor for as long as she could remember. Fernando, however, had been her "neighbor" for only six months. Lorena loved Fernando on weekdays because he woke her up for school. But he was an annoyance on weekends when she wanted to sleep late.

It was Saturday morning and Lorena pulled the covers over her head to block out the crowing. It was no use.

Lorena despertó con el "quiquiriquí" de Fernando. Fernando era el gallo del señor García. Lorena era vecina del señor García desde hacía mucho tiempo. Pero Fernando era su "vecino" desde hacía apenas seis meses. Lorena adoraba a Fernando entre semana porque la despertaba a tiempo para ir a la escuela. Por otra parte, era una molestia los fines de semana cuando quería dormir tarde.

Era sábado por la mañana, y Lorena se cubrió la cabeza para no escuchar su canto. Pero fue inútil.

Then her mother called, "Hurry and get up, Lorena, we need to get to Grandpa's house early."

Mamá looked sad a lot lately. It had been a month since Grandma's death and Lorena knew her mother missed Grandma.

"It's good to cry," Mamá assured her.

Lorena, herself, had cried for many nights. She missed her Grandma, too. Lorena had spent almost every day with her grandparents. She loved them dearly. Grandma knew all her secrets, good and bad, and she loved Lorena anyway. How Lorena ached for her grandmother!

Entonces Mamá la llamó. —Apúrate y levántate, Lorena. Tenemos que llegar temprano a la casa de Abuelo.

Mamá se veía muy triste últimamente. Había pasado un mes desde que murió Abuela, y Lorena sabía que Mamá la extrañaba.

—Es bueno llorar —le aseguró Mamá.

Lorena misma había llorado muchas noches. Ella también extrañaba a Abuela. Lorena había pasado casi todos los días de su vida con sus abuelos. Los quería muchísimo. Abuela sabía todos sus secretos, buenos y malos, y aún así quería a Lorena. ¡Cómo extrañaba Lorena a Abuela!

Mamá had said that it was time for Grandpa to start "clearing out Grandma's stuff." Lorena overheard her talking to Grandpa on the phone. Today they were going to Grandpa's to help.

Lorena couldn't remember ever seeing her grandparents apart. It was always "Grandma and Grandpa," almost as if it were one name, one person. Lorena wanted to help Grandpa. But she just didn't think anything she could do would make things better.

Mamá había dicho que era hora de que Abuelo empezara a "sacar las cosas de Abuela". Lorena la escuchó cuando hablaba por teléfono con Abuelo. Hoy era el día en que irían a casa de Abuelo para ayudarle.

Lorena nunca había visto a sus abuelos separados. Siempre era "Abuelo y Abuela", como si fuera un sólo nombre, una persona. Lorena quería ayudar a Abuelo. Pero pensaba que no había nada que pudiera hacer para mejorar la situación.

Lorena wanted to know something, but was afraid to ask Mamá.

Finally, in the car, Lorena got the courage to speak up. "Mamá, where is Grandma now?"

"In Heaven, *m'ijita,* far, far away," Mamá answered, almost whispering.

Lorena was so confused. Mamá had always said that heaven was a wonderful place. How could a place that was supposed to be so wonderful, be so far away? There was so much she did not understand. Just as Lorena was about to ask, they pulled up in front of Grandpa's house.

Lorena quería saber algo, pero tenía miedo preguntárselo a Mamá.

Finalmente, en el coche, Lorena tuvo el valor para hablar: —Mamá, ¿Dónde está Abuela ahora?

—En el cielo, m'ijita, lejos, muy lejos —contestó Mamá casi susurrando.

Lorena estaba tan confundida. Mamá siempre había dicho que el cielo era un lugar maravilloso. ¿Cómo podía ser que un lugar tan maravilloso estuviera tan lejos? Había tantas cosas que ella no entendía. Justo cuando Lorena estaba por preguntar, se estacionaron frente a la casa de Abuelo.

The house looked the same: the same blue paint with white frames around the windows, the same front porch with the creaky rocking chair that Grandpa used for his afternoon nap. For a moment Lorena could almost see Grandma running to greet them, her silver hair flying, and Grandpa greeting them in his loud, almost shouting voice. But, it was only a moment. She looked again. The front door was still, the rocking chair empty. The only one to greet them today was Grandpa's gray poodle, Taco.

Lorena entered the quiet house. Her shoes echoed against the hardwood floors. She walked up the stairs and called out to her grandfather.

La casa lucía igual: la misma pintura azul con las ventanas de marco blanco, la misma galería con la mecedora chirriante que Abuelo usaba para la siesta de la tarde. Por un momento, Lorena casi podía ver a Abuela corriendo a darles la bienvenida, su pelo plateado volando, y a Abuelo que las saludaba con su voz fuerte, casi gritona. Pero, sólo fue por un instante. Miró otra vez. La puerta del frente estaba cerrada, la mecedora vacía. Taco, el perro *poodle* gris de Abuelo, fue el único que les dio la bienvenida hoy.

Lorena entró en la casa. Sus zapatos hacían eco sobre los pisos de madera. Subió la escalera y llamó a Abuelo.

She finally found him sitting by the window in Grandma's sewing room.

Lorena had never thought of him as "old," but sitting there huddled in the corner, Grandpa looked frail and weary.

"Hi, Grandpa," Lorena greeted him quietly.

She took his hand in hers. He didn't seem to know she was there. She wanted so much to make him feel just a little bit better. She put a hand on his chest, close to his heart. "Heal away, heal away, little frog tail. Do it tomorrow, if not today," she whispered. Those were Grandma's miracle words when Lorena was hurt. But there were no miracles today.

Finalmente lo encontró sentado cerca de la ventana en el cuarto de costura de Abuela.

Lorena nunca había pensado que Abuelo estaba "viejo", pero al verlo sentado allí, acurrucado en la esquina, lucía frágil y cansado.

—Hola, Abuelo —Lorena lo saludó calladamente.

Tomó la mano de Abuelo en las de ella. Era como si él no supiera que ella estaba allí. Lorena deseaba tanto hacer algo para que se sintiera al menos un poquito mejor. Le puso una mano en el pecho, cerca de su corazón —Sana, sana, colita de rana. Si no sana hoy, sanará mañana —susurró. Ésas eran las palabras milagrosas que Abuela pronunciaba cuando Lorena se lastimaba. Pero hoy no hubo milagros.

Lorena's mother entered and said, "Papá, I thought you were going to look through some things before I got here."

Grandpa didn't answer.

"I'll pack her clothes, but I want you to look through the chest and see what you want to keep." Mamá pointed to a large chest in the corner.

"There's no need to keep anything," Grandpa replied. Not even looking up.

Lorena's mother sighed and said, "Well, I'm going to get started on Mamá's clothes in the next room."

La mamá de Lorena entró y dijo, —Papá, creí que ibas a revisar las cosas antes de que llegara.

Abuelo no contestó.

—Voy a empacar su ropa, pero quiero que veas si hay algo en ese baúl que quieras guardar. —Mamá apuntó hacia un gran baúl en la esquina del cuarto.

—No hay que guardar nada —contestó Abuelo. Ni siquiera levantó la vista.

La mamá de Lorena suspiró y dijo, —Bueno, voy a empezar con la ropa de Mamá en la habitación de al lado.

Lorena sat with Grandpa in silence. Except for the muffled sound of drawers being opened and closed, it seemed as though the world was completely still. She sat thinking of heaven and thinking how it felt a billion miles away. Then something caught her eye. It was the carved chest in the corner of the room.

Lorena walked over to the chest and outlined the intricately carved wood with her fingertips.

"Grandpa, what's inside the chest?"

"Your Grandma's things. Go ahead and open it, if you'd like," he said tenderly.

Lorena se quedó con Abuelo en silencio. Excepto por el ruido callado de los cajones que se abrían y cerraban, parecía como si el mundo estuviera completamente quieto. Estaba pensando en el cielo y en cómo se sentiría estar a miles de millones de millas de allí. De pronto algo le llamó la atención. Era el baúl tallado que estaba en la esquina del cuarto.

Lorena se acercó al baúl y con la yema de los dedos trazó el diseño de la madera tallada.

—Abuelo, ¿qué hay dentro del baúl?

—Cosas de tu abuela. Anda, ábrelo si quieres —le dijo tiernamente.

Lorena opened the chest slowly. She felt nervous and anxious. Lorena pulled back Grandma's favorite quilt to unveil marvelous things. Her eyes scanned the chest.

"Look Grandpa!" she said in delight as she picked up a necklace made from shells. "Remember when we made this?"

Lorena walked over to her grandfather and placed the necklace in his hand. The shells made a soft tinkling sound as they fell into his palm.

Lorena abrió el baúl lentamente. Se sentía nerviosa y ansiosa. Lorena movió la colcha favorita de Abuela y reveló maravillosos objetos. Sus ojos escudriñaron el baúl.

—¡Mira, Abuelo! —dijo con deleite al sacar un collar de conchas—. ¿Recuerdas cuando hicimos esto?

Lorena se acercó al abuelo y le puso el collar en la mano. Las conchitas tintinearon suavemente cuando cayeron en la palma de su mano.

"Remember when Grandma and I collected shells all day and you helped us string them together? Grandma helped me build a big sand castle, and we used some of the shells to decorate it. Remember?"

Lorena remembered how Grandpa had laughed at the way Grandma squealed each time the tide came and nipped at her toes. They laughed so much that day. Lorena remembered the sunset, the glorious sunset, burning red and gold, blending into the unwelcome darkness that ended the day.

"Remember, Grandpa? Remember?"

"Yes, I remember." Grandpa clutched the necklace in his hand.

—¿Recuerdas cuando Abuela y yo recogimos conchitas todo el día y nos ayudaste a ensartarlas? Abuela me ayudó a hacer un gran castillo de arena y usamos algunas de las conchitas para decorarlo, ¿Te acuerdas?

Lorena recordaba cómo Abuelo se había reído de la forma en que Abuela gritaba cada vez que la marea le tocaba los dedos de los pies. Se rieron tanto ese día. Lorena recordó la puesta del sol, esa puesta gloriosa, de un rojo y dorado que flameaba al mezclarse con la oscuridad inoportuna que puso fin al día.

—¿Recuerdas, Abuelo, recuerdas?

—Sí, lo recuerdo. —Abuelo apretó el collar en la mano.

Lorena made her way back to the chest.

"Close your eyes, Grandpa," she directed.

Grandpa obeyed. Lorena guided her grandfather to the mirror.

"You can look now," she said.

They laughed as Grandpa opened his eyes. On his head was a brightly colored hat that hung low at one end from the weight of the flowers on its brim.

"Grandma's gardening hat," he said, tenderly. "Every time your Grandma planted a new flower in her garden, she sewed a fabric flower just like it on this hat."

Lorena regresó al baúl.

—Abuelo, cierra los ojos —le indicó.

Abuelo la obedeció. Lorena lo guió al espejo.

—Ya puedes ver —le dijo.

Ambos se rieron cuando Abuelo abrió los ojos. En su cabeza estaba un sombrero colorido que colgaba de un lado por el peso de las flores que adornaban su ala.

—El sombrero de jardinería de Abuela —dijo cariñosamente. —Cada vez que tu abuela plantaba una flor nueva, cosía una exactamente igual en este sombrero.

Grandpa stood in thought for a moment, then walked to the chest and, after a little shuffling, took out a small white box.

"Come on, *m'ijita.* I think it's time this hat saw the light of day."

Hand-in-hand, Lorena and her grandfather walked out into Grandma's garden. Lorena and her grandparents had spent many hours in this garden. Grandma had tended to each flower the way one would treat a child. Grandma taught Lorena the name of each bud and blossom. She always said that flowers should make people feel welcome and happy. Today, Grandma's flowers greeted them in their best warmth and glory.

Abuelo se quedó pensando por un momento, luego se acercó al baúl y, después de rebuscar un poco, sacó una cajita blanca.

—Vente, m'ijita. Creo que es hora de que este sombrero salga al sol.

Tomados de la mano, Lorena y su abuelo salieron al jardín de Abuela. Lorena y sus abuelos habían pasado muchas horas en este jardín. Abuela había cuidado de cada flor como se cuida a un hijo. Abuela le había enseñado a Lorena el nombre de cada capullo y flor. Siempre había dicho que las flores deberían hacer que la gente se sintiera bienvenida y feliz. Hoy, las flores de Abuela los saludaban en su mejor calidez y gloria.

Lorena and her grandfather sat on the bench-swing that hung low from the oak tree. Taco caught up to them and nestled himself at Grandpa's feet.

Grandpa handed her the box he had taken out of Grandma's chest. "Grandma would have wanted you to have it."

She opened the box to find a delicate chain with a tiny heart.

"I gave this to your Grandma when we were twelve years old," he said.

Grandpa put it around Lorena's neck and cradled her face in his hands. "You're beautiful, precious just like your Grandma!"

"Thank you, Grandpa."

Lorena y su abuelo se sentaron en el columpio que colgaba del roble. Taco los alcanzó y se acomodó a los pies de Abuelo.

Abuelo le entregó la cajita que había sacado del baúl. —Sé que Abuela hubiera querido que tuvieras esto.

Lorena abrió la caja y encontró una cadena delicada con un corazoncito.

—Le di esto a tu abuela cuando apenas teníamos doce años —le dijo.

Abuelo le puso la cadena a Lorena y tomó su rostro entre sus manos. —¡Bonita! ¡Preciosa! Eres como tu abuela.

—Gracias, Abuelo.

Lorena caressed the heart delicately. The soft rhythm of the swing and the chirping of a bird were the only sounds to break the silence. The sweet smell of jasmine filled the air.

Lorena closed her eyes. She felt the way she felt when Grandma embraced her: warm, safe and loved. Lorena looked at her grandfather. Grandma's gardening hat was still perched on his head. His eyes were sparkling and a peaceful smile was back on his face.

Lorena thought, "Mamá was wrong. Heaven isn't far away. Heaven isn't far away at all."

Lorena acarició el corazoncito con delicadeza. El suave ritmo del columpio y el trino de un pájaro fueron los únicos sonidos que rompieron el silencio. El dulce aroma de jazmín llenó el aire.

Lorena cerró los ojos. Se sintió como se sentía cuando Abuela la abrazaba: calientita, segura y querida. Lorena miró a su abuelo. Todavía llevaba puesto el sombrero de jardinería de Abuela. Sus ojos brillaban y tenía una sonrisa tranquila.

Lorena pensó, "Mamá se equivó. El cielo no está lejos. El cielo no está para nada lejos".

Teresa Armas lives in Hacienda Heights, California with her two children, Adam and Sarah. Teresa works in the field of education. One of her great joys is working with children. She enjoys the outdoors. She loves to swim, hike, and go bicycling. Her favorite place is the beach and spends as much time near the ocean as she possibly can. She loves exploring new places with her children, who share her inquisitive nature. She relaxes by writing stories and poetry. This is her first children's book.

Teresa Armas vive en Hacienda Heights, California con sus hijos Adam y Sarah. Teresa trabaja en el campo de la educación. Uno de sus placeres es el trabajar con niños. Ella también disfruta estar al aire libre. Le encanta nadar, ir de excusión y pasear en bicicleta. Su lugar favorito es la playa y cada vez que puede va al oceáno. Le fascina explorar lugares nuevos con sus hijos, quienes comparten su curiosad. Armas se relaja escribiendo cuentos y poesía. Éste es su primer libro para niños.

Pauline Rodriguez Howard has a BFA in Art from the University of Houston and attended the Glassell School of Art. She is a member of the Central Texas Pastel Society and has work in several art galleries and collections. This is her fifth book for Piñata Books. Her first was *Family/Familia,* written by Diane Gonzales Bertrand. Her hobbies are hand-painting furniture, stage design, and gardening. She lives in San Antonio with her husband and two daughters.

Pauline Rodriguez Howard recibió su título de arte de la Universidad de Houston. Es graduada de Glassell School of Art y forma parte del Central Texas Pastel Society. Sus obras se han expuesto en distintas galerías y figuran en varias colecciones de arte. Éste es el quinto libro que ilustra para Piñata Books. Su primer libro es *Family/Familia,* escrito por Diane Gonzales Bertrand. Sus pasatiempos consisten en la pintura de muebles, la escenografía y la jardinería. Vive en San Antonio con su esposo y sus dos hijas.